KLIK!

« COLLECTION PHYLACTERE »
animée par Michel de Grand Ry

déjà parus :

CLIN D'OEIL
par Ernst

HYPERION
par Franz & A.P. Duchâteau

L'AVENTURE D'UNE B.D.
par Derib & Pernin

deuxième
CLIN D'OEIL
par Ernst

YORIK DES TEMPETES
par E. Paape & A.P. Duchâteau

troisième
CLIN D'OEIL
par Ernst

LES AMIS DE BUDDY LONGWAY
préface de G. Pernin
interviews d'Y. Delporte

ETERNUS 9
par V. Mesquita

quatrième
CLIN D'OEIL
par Ernst

CANNONBALL CARMODY
par Léonard Starr

cinquième
CLIN D'OEIL
par Ernst

D.1985/0086/1872

Dépôt légal : Janvier 1985
ISBN 2-8036-0495-7
Imprimé en Belgique par Proost sprl.

Le soleil au bout du pinceau...

Il me faut bien avouer que quand mon téléphone a fait *''dring''*, ce matin-là, je m'attendais à tout sauf à ça !...

Ça, c'était Ernst, un Ernst embêté, qui ne savait trop comment me demander... enfin... euh... en quelque sorte... ben... s'il était possible... Bref, il souhaitait que Turk et moi préfacions l'album que vous avez sous les yeux, parce qu'il aimait bien ce qu'on fait. Il attendait de l'un quelques mots, de l'autre un petit dessin... si ça ne nous ennuyait pas, bien sûr, sinon, tant pis... il comprendrait, il ne serait pas fâché, il...

Nous ennuyer ?
LE *SOT !...*
Un honneur, oui !
Nous ennuyer, lui, alors que, depuis toujours, Turk et moi admirons ses ''clins d'œil'' qui font plisser les nôtres (pas les clins, les yeux), vous savez bien, ce plissement caractéristique qui accompagne si bien le rire qu'on a quand on vit un moment de franche hilarité...

Si vous ne me croyez pas, sautez donc la préface et plongez-vous un instant (délicieux) dans le petit monde de Serge Ernst.

...

Ça y est !... Alors, qu'est-ce que je vous disais ?...

Mais revenons à mon texte, s'il vous plaît, parce que je vous préviens : moi, j'ai horreur de préfacer dans le vide !...
Je disais, ou plutôt, j'écrivais donc que... hé là !... j'en vois un, là, dans le fond, qui ne lit pas !... Faites attention, hein, parce qu'après, j'interroge !
Où en étais-je ?... Ah oui !... je voulais vous dire à quel point Ernst était génial !... Oh, je sais, d'aucuns penseront que le terme n'est pas des mieux choisis, mais est-ce ma faute à moi, si la langue française ne possède pas de mot plus fort pour encore mieux traduire toute l'admiration que je porte à Serge ?...

C'est vrai, quoi !... Je parle ici en connaissance de cause. Tout de même. L'humour, ça fait une vingtaine d'années que j'essaye de le pratiquer, et, croyez-moi, ce n'est pas toujours chose aisée !... Non, vraiment, dans ce domaine, ce n'est pas tous les jours dimanche, comme le disait Vendredi lorsque Robinson crut Zoé... (Bon, d'accord, ça va, j'arrête, j'arrête.)

Non... faire rire ou même sourire, ce n'est pas évident, et pourtant, Ernst, lui, il y parvient, le bougre, et à tous les coups !... mine de rien ... gentiment... et ça, avec, comme seules armes, d'une part, un regard sur le monde, regard tantôt tendre tantôt cruel, mais toujours poétique, et d'autre part, un fabuleux crayon plein de soleil !...

C'est qu'il a l'art de les démonter, les mécanismes du rire, et de plus, il les magnifie par des couleurs qui ne sont propres qu'à lui et qui nous forcent à nous demander si, dans cet arc-en-ciel qu'il promène en permanence dans sa tête, il n'a pas ajouté de nouvelles teintes inventées par lui.

Tout ça pour dire à ceux qui ne connaîtraient pas encore Ernst et son humour (mais est-il possible qu'il en existe ?) à quel point ils vont passer un bon moment !...

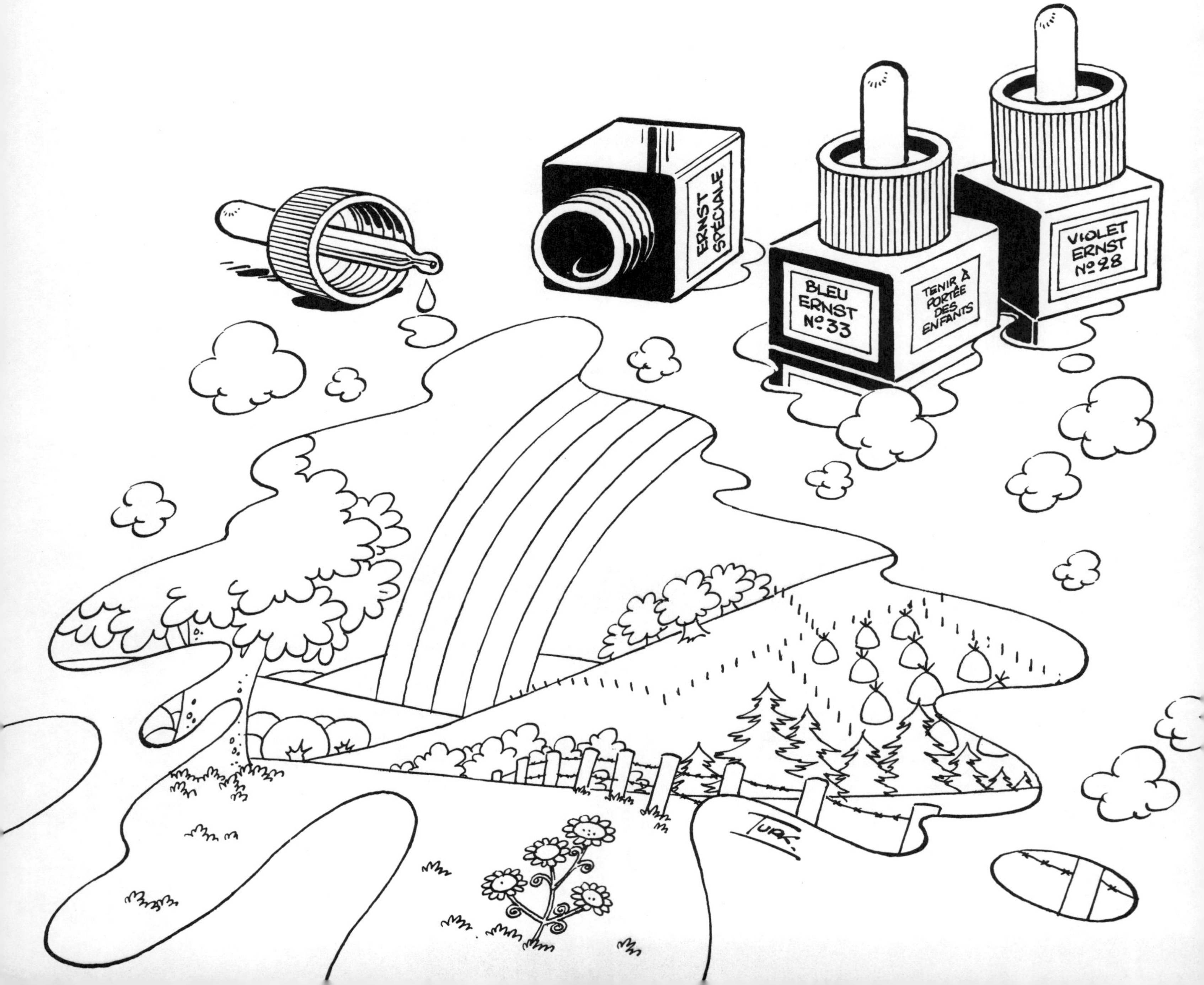

Ces quelques lignes paraîtront peut-être partiales à certains. Qu'ils se rassurent, elles le sont !... Je suis un inconditionnel d'Ernst et de ses clins d'œil. Chacune de ses pages me procure un plaisir tel que j'ai voulu vous le faire partager ! Rien de répréhensible dans ma démarche, je pense.

De plus, j'ai la chance d'avoir en la personne de Serge un ami très cher, ami que je remercie de me faire rire et auquel je ne demande qu'une chose : qu'il continue !...

Quant à vous, amis lecteurs, si vous êtes prêts, douillettement installés dans vos fauteuils, on peut commencer !...

Attention !...

On frappe les trois coups et que se lève le rideau sur le merveilleux théâtre de Serge Ernst...

Bob de Groot

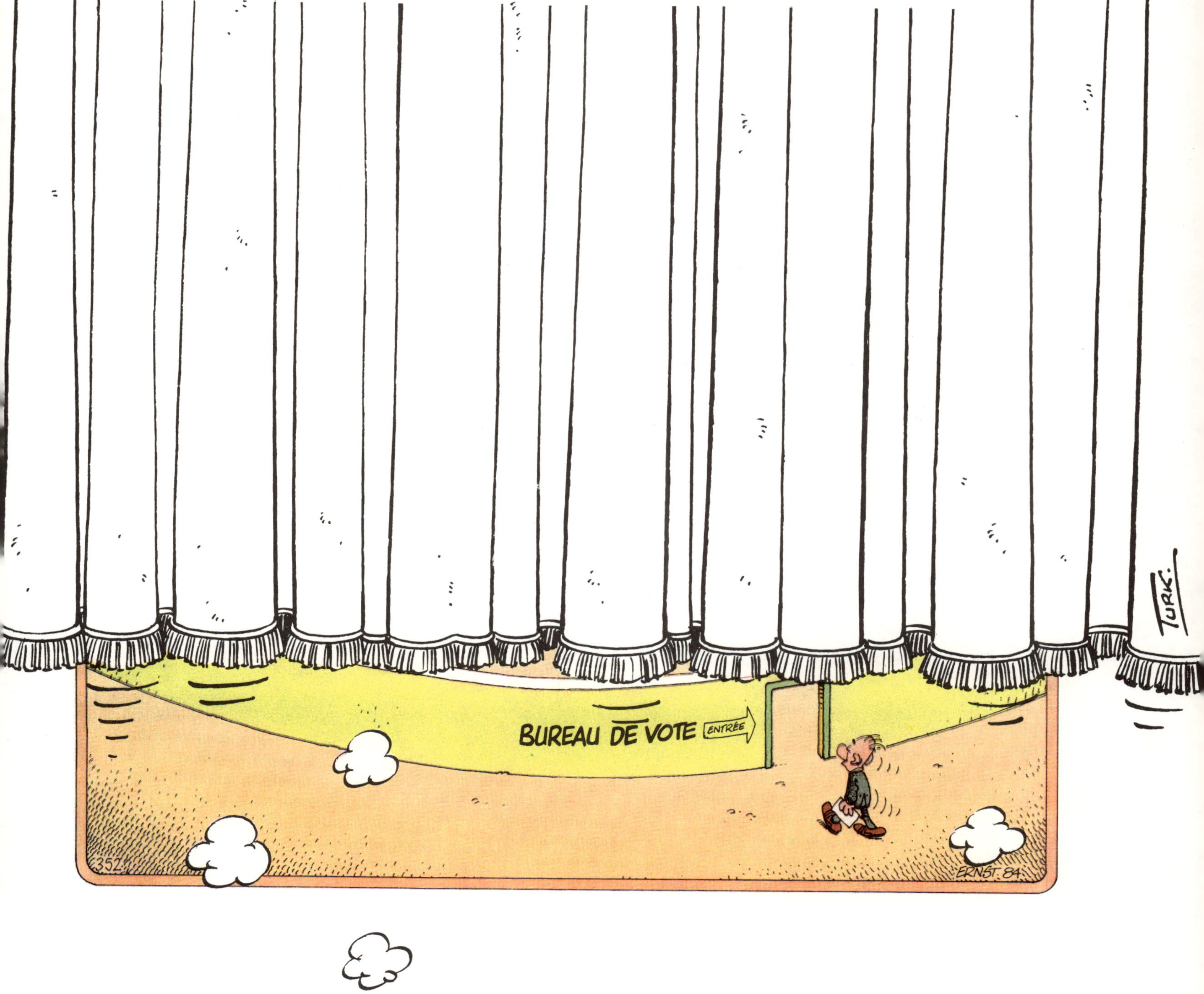

ISOLOIR
BUREAU DE VOTE
ENTRÉE
352
ERNST. 84

"'
... A' LA FOLIE !...
... PAS DU TOUT.
FRICH...
FRICH!
FRICH!
189
ERNST 80

363
ERNST 84

WANNETOETRI MUSIC SHOP
WANNETOETRI MUSIC SHOP
2
231
GAG: POLPOLIS
ERNST 81

RUE
TABAGA
CENTRE-VILLE
BNR622
SHOP
CENTRE-VILLE
BNR622
CENTRE-VILLE
323

EXPROPRIATION
270
ERNST 82

TRAVAUX
342
WILLEMS · ERNST 84

MAINTENANT, JE SUIS TRÈS OPTIMISTE, CAR IL NE PEUT PLUS RIEN M'ARRIVER DE PIRE !!!
246
ERNST 81

ADIEU
359
ERNST 84

327
MARSHAL + ERNST 83

360
ERNST 84

NASAL
DZOING!
317
BS ERNST 83

KW
232
ERNST 81

358
ERNST 84

1,5v
TAP!
TAP!
348
ERNST 84

351
TRISTAN - ERNST 84

POF!
POF!
283
ERNST 82

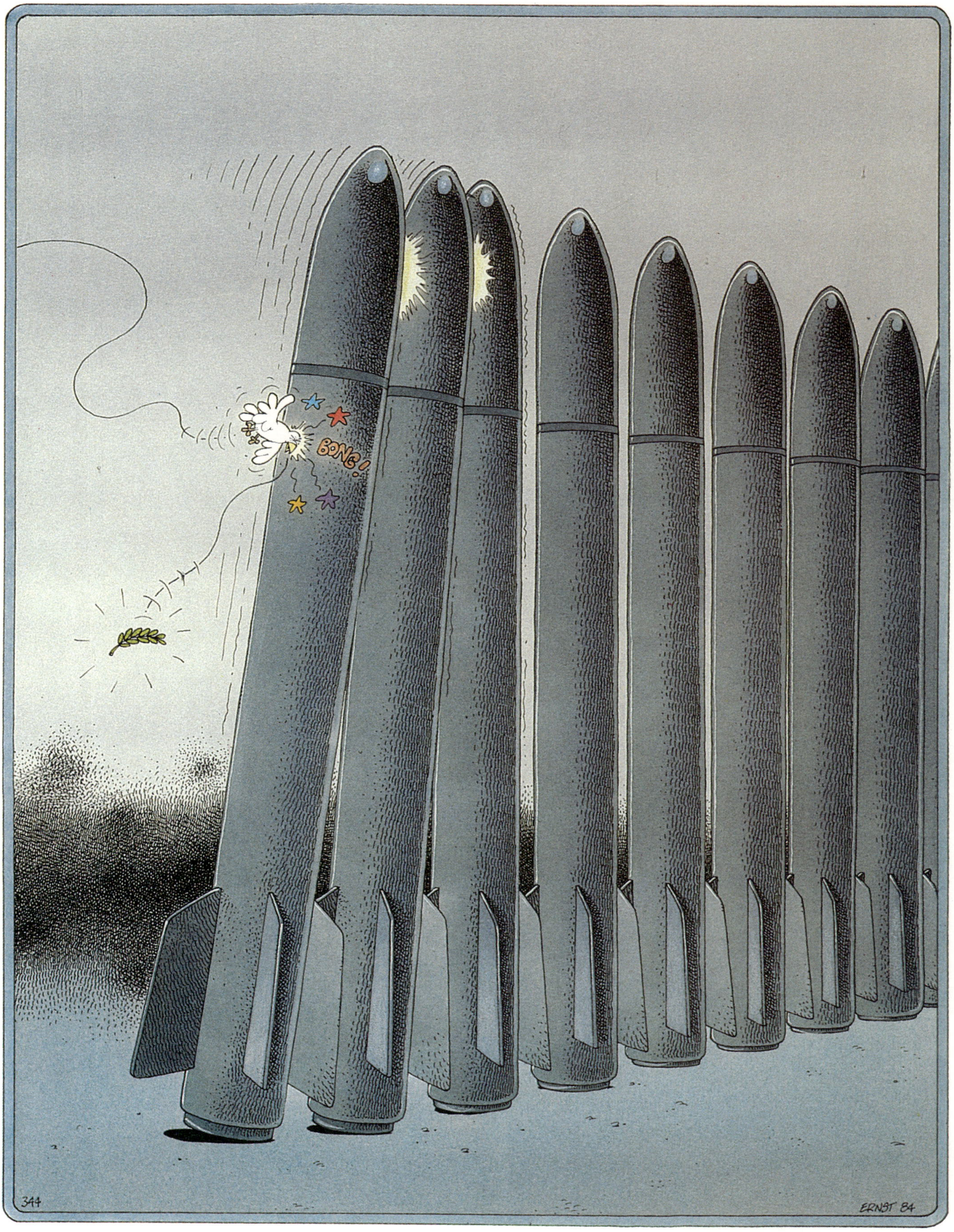
BONG!
344
ERNST 84

ENTER
362
ERNST 84

NASA
1
2
329
ERNST 83

337
JULES - ERNST 83

DING!
DONG!
DONG!
D...
PLAF!
320
ERNST 83

321
ERNST 83

347
ERNST 84

PEINTURE
FRAÎCHE
366
ERNST 84

KEUF!
349
ERNST 84

290
GAG: B.S. ERNST 83

PLATCH!
PLATCH!
PLATCH!
PLATCH!
PLATCH!
292
GAG: JULES • ERNST 83

EXCUSEZ-MOI DE VOUS COUPER, MAIS J'AI UNE OBJECTION A' FORMULER ...
TV
TV
197
ERNST 80

NOS AMIS LES ANIMAUX
... ET IL ÉTAIT CONVENU QUE LA REDIFFUSION DE L'ÉMISSION N° 472 "LE RAT DES VILLES" DONNAIT LIEU À UNE MAJORATION DES ROYALTIES DE 1,5 % ... JE NE VOIS AUCUNE TRACE DE CELLE-CI DANS L'AVENANT DE NOTRE CONTRAT !..
... NOTRE SYNDICAT PARLE DÉJÀ DE GRÈVE !
PRODUCTEUR
354
ERNST 84

286
ERNST 82

SUPER-LAIT
EXPORTATION
SUPER-LAIT
H018F
338
ERNST 83

?
PTONG!
Z
357
ERNST 84

ZZZZ
ZZZ
339
ERNST 83

GRAND
BAL
COSTUMÉ
MALADROIT !
TOI-
MÊME !
350
Didgé - ERNST 84

TRANSFUSION SANGUINE
COLLECTE DE SANG
PERSONNE N'AURAIT UN PANSEMENT ?
324
DIDGÉ-ERNST 83

330 A

MAIS ?!..., IL N'EST PAS COMIQUE, CE GAG !
C'EST NORMAL, LA SUITE EST AU VERSO !

330 B
BS. ERNST 83

C'EST QUAND MÊME PAS MARRANT !

ERNST 82

356
ERNST 84

361
ERNST 84

KRRK...
OUF !... ...IL EST SAUVÉ !
334
DIDGÉ - ERNST 83

DOCTEUR, JE CROIS BIEN ÊTRE GUÉRI DE MA TIMIDITÉ...

331
ERNST 83

N
S
EXPROPRIATION
341.
ERNST 84

ECOLE SUPERIEURE DES INGENIEURS SCIENTIFIQUES
EIN! STEIN! EIN! STEIN! EIN! STEIN! ...
364
DIDGÉ ERNST 84

PRINTED IN BELGIUM BY
proost
INTERNATIONAL BOOK PRODUCTION